Boda por contrato
Yvonne Lindsay

Editado por Harlequin Ibérica.
Una división de HarperCollins Ibérica, S.A.
Núñez de Balboa, 56
28001 Madrid

I.S.B.N.: 978-84-9170-133-0
Depósito legal: M-24987-2017
Impresión en CPI (Barcelona)
Fecha impresion para Argentina: 1.5.18
Distribuidor exclusivo para España: LOGISTA
Distribuidores para México: CODIPLYRSA y Despacho Flores
Distribuidores para Argentina: Interior, DGP, S.A. Alvarado 2118.
Cap. Fed./Buenos Aires y Gran Buenos Aires, VACCARO HNOS.

Capítulo Uno

Ottavia volvió a alisarse el vestido con la mano p[...]
enésima vez, y se dijo que no había razón para es[...]
nerviosa. Por su profesión estaba acostumbrada a tra[...]
con hombres poderosos e influyentes. ¿Por qué hal[...]
de ser distinto tratar con un rey?

El reloj barroco sobre la repisa de la chimenea [...]
tinuó con su quedo tictac, marcando los segundos[...]
parecían pasar con tortuosa lentitud. Por suerte, sin[...]
bargo, no tuvo que esperar más, porque en ese m[...]
to se abrieron las puertas de madera al fondo de l[...]
Se le encogió el estómago y un cosquilleo nerv[...]
recorrió la espalda, pero en vez del rostro re[...]
esperaba ver, quien estaba allí de pie, en el um[...]
su consejera Sonja Novak.

Iba impecablemente vestida con un traje d[...]
y llevaba el cabello gris recogido en un moñ[...]

—Su majestad la recibirá ahora —anunci[...]

—Le esperaré aquí —contestó Ottavia, [...]
firmeza que pudo.

La señora Novak frunció el ceño y le[...]
rada furibunda.

—Señorita Romolo, es el rey de Err[...]
ma a su presencia; no al revés. Está e[...]

—Pues me temo que su majestad [...]
rar —respondió ella.

3

Y, haciendo acopio de valor, le dio la espalda a la mujer y se puso a mirar por la ventana. Contó en silencio, esforzándose por controlar su respiración y su pulso acelerado: uno, dos, tres... Iba por siete cuando oyó a la señora Novak resoplar de indignación, y luego el ruido de sus tacones mientras se alejaba.

Ottavia se permitió una pequeña sonrisa triunfal. Sí, sería él quien acudiera a ella. Había visto cómo la había mirado el día de su llegada. Su aspecto había dejado bastante que desear –normal, tras varios días cautiva, sin siquiera una muda para cambiarse–, pero aun vestida con la misma ropa que había llevado durante casi una semana, y sin maquillar, la había devorado con los ojos. La deseaba, y ella sabía muy bien cómo sacar provecho de esa debilidad.

Además, no iba a comportarse como un dócil corderito. No solo había sido raptada y retenida varios días contra su voluntad por orden de la hermana del rey, la princesa Mila, sino que esta había tenido también la desfachatez de llevarse su ropa y suplantarla, haciéndose pasar por ella ante su cliente, el rey de Sylvain. Y aunque hubiese pasado su cautiverio en una suite de lujo de uno de los mejores hoteles de Erminia, eso no excusaba lo que le habían hecho pasar.

Pero lo más sangrante era que, cuando había logrado escapar y había acudido al rey Rocco para ponerle al corriente de lo que había hecho su hermana y lo que traía entre manos, había dado orden de que la retuvieran allí, en la residencia de verano de la familia real, para evitar que hablara con los medios.

Aunque tampoco le había servido de mucho, de algún modo lo ocurrido había acab

dose, y las cadenas de radio, televisión y la prensa se habían hecho eco del escándalo.

Hacía dos semanas por fin le habían devuelto su ropa, y ya solo quedaba una cuestión pendiente: hablar con el rey y conseguir que la compensaran, como merecía, por daños y perjuicios.

Estaba tan abstraída en sus pensamientos, tan empeñada en avivar el fuego de la indignación que ardía en su interior, que no oyó abrirse las puertas detrás de ella. Sin embargo, de inmediato advirtió que no estaba sola, porque sintió la poderosa presencia que había invadido la sala, y el corazón le dio un vuelco al darse la vuelta y ver al rey.

Cuando alzó sus ojos hacia los de él, de un inusual color jerez, su mirada le recordó a la de un felino salvaje acechando a su presa, esperando para abalanzarse sobre ella. Y aunque esa imagen visual debería haberle infundido temor, lo que sintió fue que la invadía, de repente, una ráfaga de calor.

Él, sin embargo, tampoco parecía inmune a ella, observó con satisfacción. Lo supo por el modo en que sus ojos descendieron por su figura, fijándose sin duda en cómo se le marcaban los pezones a través de la fina seda del vestido. Esbozó una leve sonrisa e inspiró profundamente, haciendo que sus pechos se elevaran. Luego se inclinó con una grácil reverencia, agachó la cabeza y esperó en silencio a que le diera su permiso para volver a erguirse.

—Esa muestra de respeto llega tarde y es insuficiente, señorita Romolo —le dijo, haciéndola estremecer por dentro con su profunda voz—. Levántese.

Al erguirse, vio que tenía apretados los labios y la

mandíbula: estaba molesto. Pero no por eso iba a arre-
drarse, ni a dejarse intimidar. Era ella quien tenía todo
el derecho a estar enfadada después del trato que le habían dado.

Rocco avanzó hasta quedar a solo un par de pasos
de ella, y le sorprendió ver que la cortesana ni siquiera
pestañeó. Era una mujer dura. Que hubiera tenido la
osadía de intentar cobrarle por el tiempo que la había
tenido allí retenida lo había divertido más que lo había ai-
rado, pero no tenía intención de dejárselo entrever.

–¿Qué significa esto? –exigió saber, tendiéndole el
papel que le había hecho llegar.

–Imagino que su majestad sabe lo que es una factura –respondió ella.

Su voz, suave y perfectamente modulada, lo envol-
vió como un manto de terciopelo. ¿Sería una de sus
armas como cortesana?, se preguntó Rocco. ¿Seducía
a los hombres con su voz antes de emplear otras arti-
mañas? Pues si pensaba que con él le iba a funcionar,
se equivocaba, pensó, y sus labios se curvaron en una
sonrisa burlona.

–No tiene derecho a cobrarme por el tiempo que
lleva aquí –le dijo, antes de romper la factura en dos y
dejarla caer al suelo–. Es mi prisionera; y como tal, no
tiene ningún derecho.

Ella enarcó una ceja.

–Yo no lo veo así, majestad. De hecho, su familia
me debe mucho.

Rocco no pudo sino admirar sus agallas. Muy poca
gente se atrevería a desafiarlo.

—¿Ah, sí? Explíqueme qué le debemos —le exigió.

—Para empezar, no pude cumplir mi contrato con el rey de Sylvain porque vuestra hermana, y después vos, me retuvisteis contra mi voluntad. No vivo del aire; tengo mis gastos, como cualquiera, y si no me pagan por mi tiempo, no puedo hacer frente a esos gastos.

Rocco la estudió en silencio, fijándose en su largo y grácil cuello y en sus hombros, muy femeninos, que un corte en las mangas dejaba al descubierto. El vestido, ceñido y de color rubí, resaltaba el brillo de su piel, ligeramente bronceada. ¿Estaría morena por todas partes?, se preguntó, ¿o habría parches de piel más pálidos en las zonas más íntimas?

—Me habéis tratado injustamente, y continuáis haciéndolo —le espetó ella—. Liberadme.

Hablaba con pasión y sus ojos relampagueaban. La verdad era que disfrutaba pinchándola.

—¿Es lo que quiere?, ¿que la deje marchar? —repitió. La miró largamente, como si estuviera considerándolo, y vio una chispa de esperanza en sus ojos —. Me temo que no puedo hacer eso; aún no he acabado con usted.

—¿Que no habéis acabado? —exclamó ella sulfurada—. ¿Pero qué es lo que queréis de mí? Yo no he hecho nada.

—Ese es el problema, señorita Romolo. Me ha hecho una factura por el tiempo que lleva aquí y… bueno, imagino que habrá calculado el importe tomando como base sus tarifas habituales, ¿no?

Ella asintió.

—Entonces, estará de acuerdo conmigo —prosiguió él— en que debería hacerme un descuento por no haberme prestado ningún servicio.

Dio un paso atrás y observó divertido cómo le descolocó su respuesta.

—¿Es que su majestad requiere de mis servicios? —inquirió ella.

Si le hubiera preguntado hacía cinco minutos, le habría dado un enfático «no» por respuesta por todas las molestias que le había causado. Si no la hubiese contratado el rey Thierry de Sylvain, ambos reinos se habrían ahorrado un sinfín de problemas.

Hacía siete años se había concertado un matrimonio entre Thierry y su hermana Mila, que, al saber que su prometido había contratado los servicios de una cortesana, no había dudado en secuestrarla y suplantarla para asegurarse de que su futuro marido no compartiría su lecho con nadie más que con ella.

Su plan había funcionado, en un principio, pero cuando Thierry había descubierto su engaño se había puesto furioso, y al filtrarse aquello a la prensa, no se sabía cómo, con el consiguiente circo mediático, había cancelado el compromiso. Y había tenido que ocurrir algo muy grave, que casi había terminado en desgracia, para que se reconciliasen. Pero se habían reconciliado, se habían casado y ahora eran un matrimonio muy feliz.

Y, sin embargo, no podía olvidarse de que, de no haber sido por esa mujer, Ottavia Romolo, nada de todo aquello habría pasado. Así que no, hasta entonces ni se le había pasado por la cabeza, a pesar de sus considerables encantos, disponer de sus servicios, pero lo tenía tan hechizado, tan intrigado, que de pronto se sentía tentado de darle un sí por respuesta.

—Aún no lo he decidido —contestó.

–Ni yo os lo he ofrecido –replicó ella.

Vaya, vaya… Sí que tenía agallas. Se aferraba con uñas y dientes a su orgullo y su dignidad. Ese arranque de carácter hizo que una ola de calor aflorara en su entrepierna. Le gustaban los retos, y aquella mujer era un reto singular, una verdadera tentación, y las reacciones que provocaba en él lo irritaban y lo excitaban a la vez.

–Se equivoca si cree que tiene elección, señorita Romolo.

Ella alzó la barbilla, desafiante, y le contestó:

–Yo siempre tengo elección. Y me alegra que haya roto mi factura –añadió con una sonrisa.

Eso sorprendió a Rocco. De todo lo que podría haber dicho, eso no se lo había esperado.

–¿Ah, no? ¿Y eso por qué?

–Porque el precio por mis servicios acaba de subir, majestad.

Capítulo Dos

Ottavia se quedó mirándole fijamente, con la esperanza de que no se le notase lo nerviosa que estaba. El monarca tenía fruncido el ceño, y sus ojos refulgían como un trozo de ámbar mirado al trasluz.

Aunque fuera un rey, se dijo, seguía siendo un hombre. Entreabrió ligeramente los labios, se los humedeció con la punta de la lengua, y observó satisfecha cómo el rey bajaba la vista a su boca y tragaba saliva. ¿Habría mordido el anzuelo?

—Pues más vale que merezca la pena —contestó él de mala gana, como si estuviese librando una batalla consigo mismo.

Ottavia agachó la cabeza para disimular la sonrisa que se dibujó en sus labios.

—Entonces, ¿vamos a firmar un contrato, mi señor?

Él se echó a reír, y su risa transformó por completo sus facciones, imprimiendo en ellas un magnetismo aún mayor.

—Aún cree que es usted quien tiene las riendas, ¿no? —dijo enarcando una ceja.

—Tengo pleno control sobre mi vida y las decisiones que me conciernen —contestó ella.

Sin embargo, por desgracia no había sido siempre así. Como cuando, a sus catorce años, el novio de su madre había empezado a mostrar un interés libidinoso por ella y... Apartó esos horribles recuerdos de su mente. Aquello había quedado atrás; ese día había tomado el control de su vida, y se había jurado a sí misma que jamás volvería a encontrarse a merced de nadie.

Se concentró en el presente y repensó su estrategia. Quizá debería tentar al rey Rocco con algo más. Se volvió y, al alejarse despacio hacia el ventanal que se asomaba a los jardines y el lago, sonrió satisfecha cuando oyó al rey aspirar bruscamente por la boca. Casi podía sentir el calor de su mirada recorriéndole la espalda, que la parte trasera del vestido dejaba completamente al descubierto. Se acercó a ella por detrás.

–Entonces, es muy afortunada –le susurró al oído.

Ottavia cerró los ojos y se quedó muy quieta.

–¿Afortunada? –inquirió. ¿Por qué su voz sonaba ronca de repente?

–Un rey no siempre puede elegir –respondió él.

–Yo creía que siempre se hacía vuestra voluntad, mi señor.

El calor que la estaba abrasando se desvaneció de pronto, y supo que él se había apartado. Se volvió lentamente y lo vio con las manos entrelazadas a la espalda y la vista fija en un retrato de su difunto padre que colgaba de la pared.

–Tengo una proposición que hacerle, señorita Romolo –dijo sin mirarla–, y hará usted bien en aceptarla.

–¿Así, sin más? ¿Sin saber siquiera las condiciones? –le espetó ella–. ¿Sin negociar? Me parece que no.

–¿Acaso lo negocia usted todo?

–Soy una mujer de negocios.

El rey se volvió para mirarla.

–¿Así es como llama a su… profesión? ¿Lo considera un negocio?

–¿Cómo lo llamaría su majestad si no? –respondió ella desafiante.

La comisura de los labios del rey Rocco se curvó ligeramente. Estaba poniéndola a prueba.

–Venga aquí, señorita Romolo –la llamó, atrayéndola con el dedo.

Ottavia avanzó hacia él con estudiada elegancia.

–¿Sí, mi señor? –inquirió, inclinando la cabeza al detenerse frente a él.

El monarca se rio suavemente.

–Ese aire sumiso no va en absoluto con usted –dijo, levantándole la barbilla para obligarla a mirarlo.

Al ver el fuego del deseo en sus ojos, de los labios de Ottavia escapó un gemido ahogado que él silenció con un beso. Completamente desprevenida, se quedó inmóvil mientras su lengua exploraba cada rincón de su boca, y sintió cómo una ola de calor se desplegaba por su cuerpo.

Y de pronto el beso terminó, tan abruptamente como había empezado. Se tambaleó ligeramente antes de recobrar el equilibrio, y la ira se apoderó de ella, sofocando el deseo que le había despertado. Según parecía se creía con derecho a tomar sin su permiso lo que quisiera de ella.

Otro hombre que la veía como un juguete del que disponer a su capricho…

Sin embargo, si quería recobrar el control, no le quedaba otra que tragarse su indignación, así que esbozó una sonrisa, y le preguntó con aspereza:

–¿Probando la mercancía?

Rocco respondió con una sonrisa tranquila, lo cual no fue poca cosa cuando, a causa del beso, buena parte de su riego sanguíneo se había concentrado en su entrepierna. Estaba empezando a comprender por qué aquella cortesana estaba tan demandada. Era adictiva: un solo beso, y ya quería más.

Hacía tanto que no… Naturalmente siempre tenía que anteponer las necesidades de su país, pero al país no le haría ningún daño que aprovechara aquella oportunidad para saciar su deseo. Sí, quizá una buena dosis de sexo sin ataduras lo ayudaría a aclarar su mente.

–Contrataré sus servicios, señorita Romolo, y estoy dispuesto a pagar esa factura irrisoria que me había enviado, y lo que estime oportuno –ladeó la cabeza, estudiándola, como si de una obra de arte se tratara–. Ponga usted el precio.

Ottavia pronunció una cifra astronómica en comparación incluso con la factura que le había enviado. ¿Creía que iba a asustarlo con sus exigencias? Pues se equivocaba…

–Parece que considera sus servicios de gran valor –observó Rocco, entre exasperado y divertido.

–Considero que yo lo valgo –le espetó ella.

Sin embargo, a Rocco no le pasó desapercibido el ligero temblor de su voz. Sabía que se había pasado de la raya poniendo ese precio desorbitado.

–Pagaré esa cantidad –dijo–. ¿Trato hecho entonces?

—Aún no hemos hablado de la duración del contrato —apuntó ella.

—Pongamos… un mes.

Nada más decirlo se dio cuenta de que, por tentador que se le antojase pasar ese tiempo con ella, debía ser realista. No podía quedarse allí, alejado del mundo. Tenía que volver a la capital. Había asuntos que requerían su atención… como encontrar una esposa. Claro que, después del reciente y feliz enlace de su hermana con el rey del país vecino, con el que hasta entonces no habían tenido muy buenas relaciones, bien podía tomarse un descanso, siempre y cuando se mantuviese en contacto con la capital por correo electrónico y por teléfono.

—¿Un mes? —repitió ella—. Está bien. Y ahora, si su majestad hace que me devuelvan mi móvil y mi ordenador portátil, redactaré un nuevo contrato.

—Daré orden ahora mismo de que se los hagan llegar —contestó Rocco—. La veré en mis aposentos privados para cenar, a las nueve y media.

Se dirigió a la puerta de doble hoja y se detuvo antes de abrirla.

—Ah, y… señorita Romolo…

—¿Sí, mi señor?

—No se moleste en vestirse… para la ocasión.

Satisfecho de llevar de nuevo la batuta, y de haber dicho la última palabra, abandonó la sala de recepciones, dejando sola a aquella exasperante criatura, y se encaminó hacia su despacho. Sonja, que esperaba en el pasillo, echó a andar a su lado.

—¿Hago que la echen de aquí? —le preguntó.

—No.

—¿No?

–Va a quedarse aquí, conmigo, durante un mes… si no me canso de ella antes de que el mes haya acabado.

Algo le decía que no se cansaría tan pronto de ella.

–Pe-pero… –comenzó a protestar Sonja.

Rocco se paró en seco, y reprimió un suspiro de hastío. ¿Quedaría alguna mujer en Erminia que no lo cuestionase? Parecía que todas estaban empeñadas en llevarle la contraria. Primero su hermana, luego la cortesana… y ahora también Sonja, el miembro de su consejo en quien más confiaba.

–Sigo siendo el rey de Erminia, ¿verdad?

–Por supuesto.

–Pues siendo así creo que tengo derecho a decidir si quiero que alguien sea mi huésped durante un tiempo. Sé que has estado a mi lado desde que murió mi padre, y antes de eso, Sonja, pero no olvides a quién sirves.

–Te pido disculpas –respondió ella, con una inclinación de cabeza.

–Me pides disculpas, pero tengo la sensación de que sigues pensando que estoy cometiendo un error.

–No me parece muy buena idea invitar a quedarse aquí a una mujer de esa clase, cuando estás intentando encontrar esposa.

Esa vez Rocco sí que suspiró.

–Lo sé.

Una vez hubiese elegido esposa tenía toda la intención de serle fiel en cuerpo y alma, pero con el futuro que le esperaba –toda una vida unido a una mujer por deber y no por amor–, ¿podía echársele en cara que quisiera darse un capricho mientras aún era libre?

–¿Algo más? ¿Alguna cosa que requiera mi atención? –le preguntó a Sonja.

–Nada que no pueda esperar hasta mañana –admitió ella.

–Bien. Por cierto, la señorita Romolo ya no es mi prisionera. Por favor, asegúrate de que le sean devueltos su teléfono y su ordenador, y proporciónale una clave de acceso a Internet.

–¿Lo consideras prudente?

Rocco frunció el ceño, irritado de ver que continuaba cuestionando su autoridad, y Sonja inclinó de nuevo la cabeza y murmuró:

–Haré lo que me pides.

–Gracias –contestó Rocco con los dientes apretados, y siguió su camino.

Al llegar a sus aposentos se fue derecho al dormitorio. Se sentía como si el traje que llevaba puesto fuera una camisa de fuerza. Se arrancó la corbata, la arrojó sobre un diván junto a la ventana y empezó a desabrocharse la camisa. Sin duda, a su ayudante de cámara, a quien había dejado en la capital, le daría un patatús si le viera tirando la ropa con tan poco respeto como estaba haciendo en ese momento, pero a cada prenda que se quitaba se sentía un poco más libre y menos como un rey.

Ya en ropa interior, sacó de la cómoda un pantalón corto de chándal, una camiseta y unos calcetines. Se los puso y se calzó unas zapatillas de deporte para salir a correr. Si no hacía un poco de ejercicio para desfogarse se volvería loco, o se esfumaría esa férrea capacidad de autocontrol por la que era famoso.

Las dos horas siguientes las pasaría a solas –bueno, tan a solas como podía estar con sus guardaespaldas tras él todo el tiempo, como su sombra. Bajó al trote la escalera trasera del castillo, ignorándolos, y echó a correr hacia el camino que bordeaba el lago.

Diez kilómetros después estaba empapado en sudor, pero no estaba demasiado cansado. Aminoró un poco la carrera y pensó en la cara de felicidad de su hermana el día anterior, cuando había pronunciado sus votos de matrimonio con el rey Thierry de Sylvain.

Aquella unión había servido para acercar a los dos países y a alejar la inminente amenaza de una guerra, azuzada sin duda por el movimiento insurgente que quería echarlo y colocar en su lugar a un advenedizo que pretendía ocupar el trono.

Rocco no había sabido nada de aquel supuesto aspirante al trono hasta hacía unos meses. Afirmaba ser hijo ilegítimo de su padre, el difunto rey, y no se habían difundido ni su nombre ni su identidad, pero el movimiento a favor de sus pretensiones había conseguido un buen número de partidarios, que estaban agitando a la población por el cambio que apoyaban, aunque fuera a costa de una guerra.

Erminia había estado haciendo equilibrios en la cuerda floja para evitar una hostilidad abierta, y el general Andrej Novak, el mando supremo del Ejército, e hijo de Sonja, había llegado a recomendar encarecidamente que aumentara la presencia de sus tropas en la frontera. La situación había empeorado cuando había saltado el escándalo por lo que Mila había hecho: secuestrar a la señorita Romolo y suplantarla. Y luego, cuando Mila había acudido en persona a Sylvain para suplicarle a Thierry que le diera otra oportunidad y él se la había negado, Rocco se había temido que en cuestión de días se desatase un conflicto armado. Pero entonces Mila había sido secuestrada en su viaje de regreso a Erminia, y todo había cambiado.

Rocco frunció el ceño al recordar el horror de esos días en que un grupo de partidarios de su supuesto hermanastro la habían tenido cautiva en una fortaleza abandonada, exigiéndole que abdicara si quería volver a ver con vida a su hermana.

Aunque el rey Thierry, al mando de una unidad de operaciones secretas, había conseguido rescatarla, los secuestradores habían logrado escapar sin que pudieran identificarlos. Ese pensamiento reavivó su ira y empezó a correr más deprisa. Oyó a sus escoltas gruñir al unísono en señal de protesta detrás de él, y no pudo evitar sonreír.

La cuestión era, pensó volviendo a sus pensamientos, que los tejemanejes políticos de sus enemigos le habían causado un nuevo problema. Casarse o perder el trono… La sola idea era tan anticuada que resultaba ridículo. Claro que quería casarse, y hacía años había estado a punto de comprometerse con su novia de la universidad, Elsa, pero cuando le había propuesto matrimonio, ella se había echado atrás. Le había dicho que no soportaba estar siempre en el punto de mira de los medios cuando lo acompañaba a algún acto de Estado.

Sin embargo, ahora, al echar la vista atrás, se daba cuenta de que tal vez simplemente no lo había amado como él a ella y, de ser así, tal vez fuera lo mejor que su relación no hubiera seguido adelante.

Lo cual lo llevaba de nuevo al aprieto en el que se encontraba. Dentro de un año cumpliría los treinta y cinco y, según una antigua ley, rescatada del olvido en el parlamento por sus oponentes, solo podría permanecer en el trono si para entonces se había casado y engendrado un heredero. Si no, sería destituido, lo cual supondría una oportunidad para el advenedizo que pretendía la Corona.

Si supiera que sería un monarca justo, volcado con su pueblo y el progreso de Erminia, él estaría dispuesto a renunciar al trono voluntariamente, pero con el secuestro de Mila había quedado muy claro que no era un buen hombre.

No, tenía un deber para con su gente, y por eso defendería su derecho al trono. Y si para eso tenía que casarse con una perfecta desconocida a quien probablemente jamás llegaría a amar, lo haría.

Con ese propósito había pedido a sus consejeros que preparasen un informe con las princesas casaderas aptas para asumir el papel de consorte. Tras descartar a varias de ellas la lista había quedado reducida a tres.

Bajó el ritmo y caminó por el camino de grava que conducía al castillo, jadeante y con los brazos en jarras. Esa noche estudiaría con más detenimiento los perfiles de esas tres candidatas para ver si alguna de ellas despertaba un mínimo de interés en él, se dijo, alzando la vista hacia la fachada de piedra.

La señorita Romolo estaba mirando por una de las ventanas del piso superior, pero en cuanto sus ojos se encontraron se apartó del cristal. A pesar de los kilómetros que había corrido y de que debería estar agotado, se sentía despejado, con fuerzas renovadas y ansioso por cenar con ella. Esa noche disfrutaría de la belleza y el encanto de la joven cortesana; tiempo de sobra habría al día siguiente para ocuparse de todos esos problemas que se le venían encima.

Capítulo Tres

Ottavia despegó los ojos del rey Rocco, la viva imagen de la fuerza viril, de pie frente al castillo. La mano le temblaba cuando soltó la cortina y se apartó de la ventana del dormitorio en el que la habían instalado. ¿Cómo podía ser que le resultase aún más atractivo vestido con ropa deportiva que con traje?, se preguntó con un suspiro. No estaba acostumbrada a esa sensación de mariposas en el estómago. Jamás hasta entonces se había sentido tan atraída por ningún hombre.

La mayoría de la gente daba por hecho que una cortesana no era más que una mujer que alquilaba su cuerpo, una mujer lasciva que disfrutaba con el sexo, pero ese no era su caso. Aunque sabía que muchos de sus clientes se sentían atraídos por ella, jamás se acostaba con ninguno; tenía reglas muy estrictas al respecto. Nunca aceptaba un cliente sin asegurarse de que le habían quedado claras. Y cuando alguno no estaba de acuerdo, sencillamente se negaba a trabajar para él.

Solo aquellos que aceptaban sus condiciones disfrutaban de su compañía y su experiencia durante el tiempo que durase el contrato. Los escuchaba después de un arduo día de trabajo, los consolaba cuando estaban tristes, y ejercía, si así lo deseaban, como anfitriona en sus fiestas con la mayor discreción. Pero jamás se convertía en su amante, por mucho que se ofrecieran a pagarle.

Y la verdad era que nunca se había sentido tentada de aceptar, sobre todo porque tenía por norma no aceptar como clientes a hombres que le pareciesen atractivos. Las cosas eran más fáciles, más asépticas, cuando no permitía que se difuminase la línea entre trabajo y placer.

Además, siempre estaba el recordatorio de que solo estaba de paso en la vida de sus clientes. Su misión era entretener, acompañar, servir de paño de lágrimas… pero únicamente de forma temporal. Con ningún cliente se había sentido así, nerviosa como una adolescente que se sentía atraída por un chico por primera vez.

Un par de golpes en la puerta la hicieron dar un respingo. Se esforzó por calmarse, y vio irritada cómo entraba Sonja Novak, sin esperar a que le diese permiso para hacerlo. Iba acompañada de un sirviente, y un profundo alivio invadió a Ottavia cuando se vio que portaba el móvil y el portátil que le habían requisado. Por fin volvería a tener acceso al mundo exterior…

—Sus cosas —dijo Sonja con frialdad mientras le indicaba al criado con un gesto que las dejara en el escritorio—. Su majestad ha dado órdenes de que se le permita hacer uso de la conexión wifi y de la impresora que hay en esta planta. Ya le han configurado el acceso a Internet con la clave, y en el estudio que hay al fondo del pasillo encontrará la impresora.

Ottavia se mordió la lengua para no decir «¡ya era hora!», y le dio las gracias.

—Espero sinceramente que su majestad no esté cometiendo un error al depositar su confianza en usted —dijo Sonja mientras el sirviente abandonaba la sala.

–¿Un error? ¿Por qué habría de ser un error?

–No es la clase de persona a la que yo consideraría de fiar, siempre vendiéndose al mejor postor. ¿Cómo quiere que no nos preocupe que pueda abusar de... la situación?

Sus palabras hicieron saltar una chispa de indignación en Ottavia, pero se mordió la lengua. No quería dejarle entrever a aquella mujer lo insultada que se había sentido por su comentario. ¿Y no habría sido esa precisamente su intención?, ¿hacerle daño?

Se enfrentó a su hosca mirada con una sonrisa forzada y le dijo:

–¿Podría dejarme a solas para que tenga un poco de privacidad?

Y, sin esperar su respuesta, como había hecho hacía unas horas, le dio la espalda. Sabía que se la estaba jugando, y que en una batalla uno jamás debía darle la espalda a su enemigo, pero no tenía el menor deseo de continuar con aquella conversación.

–Tal vez crea que ahora ya no es una prisionera tiene la sartén por el mango, pero se equivoca –le dijo Sonja de repente–. No juegue conmigo o lo lamentará. Y más le vale que, bajo ninguna circunstancia, traicione la confianza que el rey ha puesto en usted.

Ottavia solo se permitió relajarse cuando por fin oyó la puerta cerrarse. Fue a por su móvil, segura de que tendría varios mensajes, pero cuando fue a encenderlo se encontró con que la pantalla no se encendía. Genial, se había quedado sin batería.

Sacó de su maleta el cargador, lo enchufó al teléfono y a la corriente, y se le cayó el alma a los pies al ver cuántos mensajes tenía en el buzón de voz. Los es-